AF475877

PROTESTATION

DE

L'IMMENSE MAJORITÉ DES FRANÇAIS.

NAPOLÉON Buonaparte ne peut être juge dans sa propre cause.

A l'entendre, il a été trahi; mais, il s'est trahi lui-même, en abusant de son bonheur; en écrasant, par ses entreprises et par son despotisme, les Français et tous les peuples de l'Europe, et en abreuvant de dégoûts et d'humiliations ses plus fidèles partisans.

Il dit n'avoir jamais été vaincu! Ne sont-ce pas des fautes énormes et des défaites à jamais célèbres, qui de Madrid et Moscou ont ramené toutes les nations du Nord jusqu'au cœur de la France! l'imprudence qui livre au hasard d'un moment l'existence d'une nation, est-elle une erreur pardonnable?

On a, dit-il, flétri les lauriers des braves. Tous les Français admirent la vraie valeur, mais ils abhorrent le gouvernement militaire, et cette sauvage rapacité qui, rompant tous les liens, convoite toute les fortunes, toutes les dépouilles ; ravit tous les honneurs, toutes les dignités; et compte pour rien les vertus, le mérite, l'état civil, et tous les gens de bien.

Buonaparte se qualifie empereur ! un grand capitaine ne doit craindre ni les menaces ni la mort; il ne fait rien qui soit indigne de son courage. Buonaparte a cependant volontairement souscrit et signé son abdication aux yeux de toute l'Europe ; il l'a motivée sur la nécessité de prévenir une guerre civile, et sur ce qu'il a reconnu qu'il était un obstacle à la paix générale. Il a donc solennellement renoncé, *pour lui et les siens*, à toutes prétentions sur la France. Par un traité discuté et fait entre lui et les puissances, il a accepté pour retraite la souveraineté de l'île d'Elbe et une pension de six millions. En exécution de ces actes, Buonaparte s'est retiré dans l'île d'Elbe. Il n'était plus rien pour la France ; et ceux qui l'ont suivi, devenus citoyens de l'île d'Elbe, ne pouvaient être à la fois sujets de Buonaparte et citoyens français. Par l'exécution de ces actes, toutes constitutions et tous sénatus-consultes antérieurs sont devenus nuls, comme non faits ni avenus, et Buonaparte seul n'a jamais eu le droit de les faire revivre.

Louis XVIII a donc régné légalement. Tout ce qu'il a fait a été valable. Il a de plus régné très-légitimement, 1° en vertu de son droit d'hérédité; 2° du droit imprescriptible résultant de la première constitution acceptée par Louis XVI, librement et volontairement acceptée par le peuple légalement représenté; 3° et par un traité solennel de toutes les puissances qui l'ont reconnu roi de France et de Navarre. Louis XVIII enfin n'était pas un roi imposé par un régent d'Angleterre, mais un roi rétabli dans tous ses droits par des actes aussi respectables que sacrés.

En admettant le principe subversif de tout ordre social, qu'une nation puisse capricieusement, tous les ans, changer de forme de gouvernement ou de dynasties, Buonaparte, dans cette ridicule hypothèse, a-t-il donc reçu à l'île d'Elbe des députés légalement nommés par la nation, et porteurs de son voeu solennellement manifesté pour le replacer sur le trône de Louis XVIII, et de sa dynastie? Il ne peut représenter aucun de ces actes qui attesteraient la folie ou l'ingratitude de la nation.

Mais Buonaparte se plaint d'infractions aux traités faits avec lui ! à qui s'en plaint-il ? A ceux qui ne peuvent lui répondre, mais qui cependant reconnaissent bien que Buonaparte à l'île d'Elbe, n'a cessé de travailler pour renverser Louis XVIII. Buonaparte n'a employé aucuns moyens légaux, et consacrés en diplomatie par les nations civilisées, pour obtenir le redressement des torts. Il n'a envoyé ni agens, ni ambassadeurs au roi de France, et il ne lui a fait aucune déclaration de guerre. Il est entré, s'est avancé par surprise pendant la paix, et il est parvenu rapidement jusqu'à Paris, après avoir débauché et acheté des troupes égarées par des traîtres et par des conspirateurs.

Par cet amour de l'humanité qui le distingue, Louis XVIII a voulu éviter l'effusion inutile du sang de ses sujets, dans une lutte reconnue inégale entr'eux et des soldats égarés, qui, après lui avoir juré fidélité, ont déserté ses drapeaux ; et cependant ce roi surpris et abominablement trahi, n'a pas abdiqué pour lui et pour sa famille ; il s'est sagement éloigné un instant pour obtenir de ses alliés qui lui ont garanti le trône, une force armée auxiliaire, et assez imposante pour faire rentrer dans le devoir ses troupes révoltées. Les Bourbons qui ont eu le pouvoir d'agir, se sont montrés fermes et braves, et la fille de nos rois a développé l'énergie et le courage de Marie-Thérèse.

Buonaparte ne s'est donc pas emparé du trône par droit de conquête, mais par surprise et à la suite d'un complot. Le trône n'était pas vacant. Il ne règne pas par le vœu, antérieurement manifesté, de la nation; mais par la violence et par l'impossibilité momentanée où se trouve cette nation de résister à des troupes parjures, et à des hommes qui se sont emparés de tous les pouvoirs. Les adresses et les sermens ordonnés ou mendiés ne constituent pas le vœu national.

Aucune puissance ne reconnaît Buonaparte et n'envoie auprès de lui des ambassadeurs accrédités. Aucune puissance n'admet ses envoyés. Donc il n'existe pas de paix avec lui, et Buonaparte est en France contre le vœu de l'Europe qui ne le reconnaît pas.

Toutes les probabilités, des actes même, attestent une guerre générale contre Buonaparte. Ses alliances avec les uns, une guerre avec les autres, seraient même une affreuse calamité. Toutes les certitudes étaient pour une paix générale avec les Bourbons. Le traité de Paris n'aurait été ni éludé ni violé par les Bourbons, princes fidèles à leurs paroles, et dont le grand intérêt était de cimenter et d'entretenir une paix durable. Buonaparte, en feignant de se contenter du traité de Paris, ne cesse de dévoiler ses projets d'envahissement, en s'applaudissant des insurrections que son nom seul peut faire éclater en Irlande, en Angleterre, en Pologne, dans la Belgique, la Saxe, l'Italie et l'Espagne. Et quand Buonaparte dissimulerait aujourd'hui d'une manière impénétrable, ne serait-il pas impossible d'espérer la paix avec un tel corrupteur, avec ses complices et ses satellites sans cesse parjures, parjurans et parjurés, avec des hommes qui ne vivent que de licence, de troubles, de guerres, de renversemens et de crimes de tous genres ?

Buonaparte s'appuie du vœu du peuple et de l'armée : le vœu d'une nation civilisée ne se manifeste pas par les acclamations d'ouvriers de manufacture envoyés par des manufacturiers conspirateurs, ou d'une populace soudoyée ; mais par le vote réfléchi, libre et volontairement émis par tous les citoyens qui ont une existence morale et qui sont jaloux de leurs droits politiques.

Le vœu des baïonnettes est une monstruosité dans tout gouvernement. Il n'y a que les séditieux, les factieux et les conspirateurs, qui provoquent ce vœu pour opprimer une nation. Toute force armée délibérante est en révolte et veut la ruine et l'esclavage du peuple qui la nourrit.

Buonaparte n'a pas aujourd'hui plus de droits qu'il n'en avait dans l'île d'Elbe, et tous ceux qui exécutent ses ordres sont sans droits et sans caractère. Pour que les constitutions et sénatus-consultes puissent être valablement remis en exécution, il faut les consentements, 1° du Roi et de sa famille, qui n'ont abdiqué ni renoncé; 2° des puissances parties contractantes dans le traité de Paris; 3° et enfin, de la nation elle-même légalement convoquée et représentée. Hors de ce cercle, tous actes seront nuls, funestes pour nous et nos descesdants.

Mais, dit Napoléon : les Puissances n'ont pas le droit de se mêler de nos affaires : fausse comparaison en termes populaires, comme, par exemple : Mon voisin n'a pas le droit de se mêler des querelles de mon ménage ; mais si je trouble mon voisinage, si tous mes voisins prouvent que je suis méchant et très-dangereux, la police se mêlera de mes querelles. Les Puissances ont raison et droit, si une nation européenne voulait vivre en antropophage, ou si elle se donnait un code ou un maître, dont l'esprit fût de porter partout la rebellion, le fer et le carnage, de s'armer contre l'ennemi commun qui menacerait leur repos. Les puissances ont déclaré Buonaparte l'ennemi de l'Europe ; elles ont déclaré que Buonanaparte se mettant au-dessus de toutes lois et de tous traités, elles ne peuvent avoir aucune confiance en lui ; il est donc sage pour notre nation, si elle veut vivre en paix et conserver ses relations avec les autres, d'adopter une forme de gouvernement qui les rassure, et de n'avoir pas des gouvernants qui leur inspirent de l'horreur.

Maintenant, que sont les articles additionnels ? Puisqu'ils n'existe ni constitutions, ni sénatus-consultes, peut-on ajouter à ce qui est anéanti ? Ne s'agit-il pas de mots vuides de sens, d'une vaine tentative pour redonner la vie à des feuilles de chêne desséchées dans la poussière. On a soigneusement détaché ces articles des constitutions et sénatus-consultes auxquels ils se réfèrent, pour détourner les yeux du vulgaire des extravagances contenues dans ces actes, ou de l'abîme dans lequel ils nous ont plongés ; mais ces articles additionnels à ce qui n'existe plus, ne méritent pas l'examen ; et s'ils étaient discutés par les lumières de l'expérience, avec ces constitutions d'effroyable mémoire, on prouverait qu'on veut rétablir de nouveaux privilégiés, une nouvelle noblesse effrayante pour la société, des patrimoines exorbitants pour tous les partisans aujourd'hui titrés, un système d'administration vicieux et écrasant, un despotisme militaire affreux, et enfin, accorder à la trahison un salaire pour tous les maux dans lesquels elle vient de nous précipiter. Si ces articles, avec les constitutions, étaient malheureusement remis en exécution, on verrait sous peu la France tyrannisée et devenir la proie de toutes les bandes noires, des grands accapareurs, des vautours affamés et de ces sang-sues infernales qui nous dévorent depuis vingt-cinq ans.

Est-ce donc quand l'Europe s'avance pour demander la réparation d'une violence inouie, que l'on peut s'occuper d'une constitution ?

C'est dans le calme qu'il faut méditer et discuter les plus chers intérêts d'un grand peuple.

Est-ce chez des notaires, des greffiers et à la préfecture de police, qu'un peuple vote? Ne semblerait-il pas que l'opération qu'on propose est une opération machinale, manufacturière, et qu'on fait des constitutions comme des pièces de calicot? C'est par les assemblées du peuple ou par des représentants légalement élus que se manifeste l'acceptation d'un acte constitutionnel; car un individu pouvant aller chez chaque fonctionnaire signer son nom, peut multiplier deux cents fois sa signature sur deux cents registres; et comme on se gardera bien de découvrir ces fraudes, une petite minorité fera apparaître une multitude de signatures.

Ensuite pourquoi interdit-on la discussion? Parce qu'on redoute des flots de lumière.

Enfin on veut que ceux qui ne se présenteront pas pour voter oui ou non soient censés avoir consenti. Combien de gens, redoutant les proscriptions dont les exemples sont si fréquents, ne voudront pas se présenter! tandis que si les votes se recueillaient à scrutin fermé, les trois quarts de la France se précipiteraient pour voter contre ces articles, qui semblent être une œuvre de dérision des droits les plus sacrés, présentés à une nation pour lui insulter et pour l'avilir.

En résumé, des intrigants se sont mis dans la tête d'asservir une nation. Voulant la fin, ils ont voulu les moyens, quels qu'ils fussent. Toujours réunis pour conspirer, dans toutes les circonstances qui les ont menacés, ils ont fait couler des torrents de sang pour se maintenir ; car le crime est d'autant plus puissant, qu'il employe ce que l'honneur et la probité se font une loi de rejeter. La cruelle expérience d'une résistance vaine contre les complots du brigandage armé, impuni, encensé et triomphant, a terrorifié les âmes, a isolé tous les gens de bien, qui se sont trouvés réduits à des vœux impuissants. Il est passé en maxime que les honnêtes gens ne sont plus bons à rien. Etonnons-nous qu'on ose aujourd'hui présenter ces vils articles additionnels ; qu'on ait le projet de nous attribuer un consentement dont on se rit, mais de l'apparence mensongère duquel on a besoin ! Etonnons-nous plutôt qu'adoucissant les termes, on ne nous ait pas encore franchement déclarés esclaves de Buonaparte et de tous ses satrapes qui se partagent la fortune publique.

Que les bons Français fassent tout ce qui dépendra d'eux pour se rallier, s'éclairer, déjouer les artifices de l'hypocrisie, traverser les mesures de la tyrannie, faire éclater partout le mépris et l'horreur qu'elle inspire. A qui veut, les moyens s'offriront en foule. L'instruction des uns, le zèle des autres, doivent être mis en œuvre. Entretenons le feu sacré, jusqu'à ce que tout à coup réunis, et par une soudaine explosion, sous la bannière de l'honneur, de la vérité et de la probité, nous puissions abattre pour toujours cette hydre qui relève une tête dégoûtante !

Protestons par des paroles, par des faits et par tous les moyens, contre ces turpitudes qui déshonorent le nom français !

Que l'opinion toujours croissante deviène un nouveau Briarée ! Qu'à sa vue le supplice de la tyrannie commence par la terreur que ce géant formidable lui inspirera ; et qu'enfin l'embrassant et l'étreignant, elle la livre au châtiment que doit attendre quiconque a projeté d'asservir sa nation !

Et vous, jureurs par tiédeur, par terreur ou

par intérêt! allez! votre apparente soumission ne vous sauvera pas des malheurs qui nous menacent. Un jour viendra qu'on vous préférera des esclaves plus rampants. Tout ce qu'on a fait, tout ce qu'on vous fait faire, est abject et nul. Qui vous aurait remplacés dans vos emplois, se serait couvert d'ignominie ? Lavez donc la tache, ôtez la boue dont on veut vous souiller, et démentez chaque jour, par des faits, ce que l'on a arraché à votre faiblesse, à votre situation et à votre misère.

Et vous, républicains, qui voulez Sparte, Athènes et l'ancienne Rome, ces républiques qu'une seule de nos villes surpasse en population; qui les prenez pour modèles chimériques du gouvernement de vingt-cinq millions d'individus; vous qui voulez donner à une monarchie de quinze siècles les mœurs et le gouvernement de la république des États-Unis qui, dans son berceau, ne vous offre aucune espérance de stabilité; vous qui chaque jour insultez aux mœurs et jusqu'au costume de ce peuple anglais; qui tonnez contre son gouvernement, tandis qu'il est de tous les peuples celui chez lequel la liberté publique est le plus respectée, et celui chez lequel Louis XVIII a puisé sa charte constitutionnelle, et qu'il a donnée de même que les rois d'Angleterre. Républicains! si vous eussiez été patriotes, la France n'aurait pas, pendant vingt-cinq ans, gémi sous le joug des brigands et des tyrans qui l'ont tour-à-tour désolée. Ne seriez-vous pas plutôt des Ilotes? Où sont vos Lycurgues, vos Solons, vos Aristides, vos Démosthènes, vos Curtius, vos Brutus, vos Mutius-Scévola, vos Catons, vos Cicérons et cette foule de grands hommes illustrés par leur désintéressement et par leurs hautes vertus? On ne voit qu'âmes vénales et sans foi qui se jouent de la religion des serments; on ne voit que des Marius, des Sylla, des Catilinas, des Tibères, des Domitiens, des Vitellius et des Héliogabales. Et pourquoi, quand on peut être bon Français, vouloir offrir la caricature de peuples aussi loin de nous, qui ne sont plus que dans l'histoire, et que la dépravation a rendus les esclaves du Turc, et divisés en autant de petits Etats qu'il y avait de provinces. Imitez les vertus de vos ancêtres! c'est vraiment pitié que des valets veuillent commander à leur maître, disait le président de Harlay au factieux de Guise; mon âme est à Dieu, mon cœur au roi, et mon corps aux révoltés qui le voudront déchirer! Le jour des barricades, toutes les forces de la révolte armée se portèrent contre lui; ni les menaces des grands, ni les insultes d'une insolente populace, ne purent l'émouvoir. La mort devant les yeux, il fut fidèle à son roi: sa vertu contribua à sauver la France. On est vraiment libre et vraiment patriote quand on reste inébranlable dans la voie de l'honneur, et quand on se sacrifie pour le maintien d'un gouvernement légitime qui a rendu les peuples heureux.

Suivent des millions de signatures.

B BLIOTHEQUE NATIONALE DE FRANCE
3 7531 01486329 5

www.ingramcontent.com/pod-product-compliance
Ingram Content Group UK Ltd.
Pitfield, Milton Keynes, MK11 3LW, UK
UKHW020453220726
13923UKWH00006B/2508

9 782019 309411